LA MÒMIA DESAPAREGUDA

Per a en Darío, veritable creador de l'Inspector Sito.

Títol original: *La momia desaparecida*
Projecte i direcció: EDEBÉ

Direcció editorial: Reina Duarte

Passeig de Sant Joan Bosco, 62
08017 Barcelona
www.edebe.com

1a edició: setembre 2007

ISBN 978-84-236-8682-7
Dipòsit Legal: B. 28756-2007
Imprès a Espanya
Printed in Spain

ELS CASOS DE L'INSPECTOR **SITO**

i el seu ajudant Mai Tinc-Po

LA MÒMIA DESAPAREGUDA

Antonio Iturbe – Alex Omist

edebé

Al Departament de Casos Estranys, Misteriosos i Superdifícils, el Sergent Mai Tinc-Po passa l'estona netejant amb la lupa-aspiradora número 9. Mentrestant, l'Inspector Sito estudia la *Gran Enciclopèdia dels Detectius,* tot i que algú es podria pensar que fa la migdiada.

Tot d'una entra al despatx, com sempre de mal humor, el Capità Tronada.

—Inspector, no són hores de dormir!

—Qui ha dit que estava dormint? És que no ha vist mai ningú llegint un llibre amb els ulls tancats?

ZZZZ

—No tinc temps de discutir amb vostè. Tenim un cas molt important —els informa el Capità Tronada—. El govern d'Egipte ens ha demanat que resolguem el cas de la mòmia desapareguda. Aquí tenen els bitllets d'avió per a la ciutat del Caire, la capital d'Egipte. Allà els esperarà la professora Roqueta, directora del museu.

—Hem d'anar-hi amb avió? Oh, no, això no! És horrible!

—Li fa por volar, Inspector?

—No. És que el menjar que donen als avions és dolentíssim!

Per fi, després de sobrevolar el mar Mediterrani, l'avió aterra a l'aeroport unes hores després...

—Benvinguts a Egipte! Sóc la professora Roqueta. Pugin al cotxe: els ensenyaré la ciutat i els portaré a conèixer les piràmides.

Un taxi els porta a tota velocitat pels carrers de la ciutat. Pertot arreu se senten frenades de cotxes i xiulets.

—Aquí la gent condueix una mica esbojarrada —diu l'Inspector Sito.

—La veritat és que sí. Conduir al Caire és perillós. Hi ha molts accidents. És fàcil veure ambulàncies recollint ferits per tota la ciutat. Però ja estem arribant.

—Saben res de mòmies? —els pregunta la professora.

—No gaire —contesta Mai Tinc-Po.

—Als antics reis d'Egipte se'ls anomenava faraons. Quan es morien, el seu cos s'embolicava amb unes benes blanques i així es feien les mòmies. Feien construir aquests enormes triangles de pedra, que són les piràmides, per guardar-hi la mòmia del faraó.

—Molt interessant, però quina calor que fa aquí! Sort que tinc la meva lupa-ventilador número 10! —diu l'Inspector Sito.

—Una d'aquestes mòmies, la del famós faraó Rapunet, es guardava al museu. Fins que ahir va desaparèixer!

La professora Roqueta porta els dos policies a conèixer el museu.

—Al museu guardem escultures, pintures i coses valuoses de l'Antic Egipte. I aquí hi ha el sarcòfag, la caixa on es guardava la mòmia robada.

Un home que treballa al museu escombrant el terra alça el cap i els diu:

—Hi ha una vella història, una llegenda, que assegura que si la mòmia no descansa al seu sarcòfag el primer diumenge del mes de juny, caurà una maledicció sobre Egipte i no ens plourà durant cent anys. I només queden dos dies!

—Torni a la seva feina i no digui bajanades —li diu la directora.

—Professora Roqueta, ens agradaria saber com va desaparèixer la mòmia —s'interessa l'Inspector Sito.

—Vam estar pintant el museu. Vam treure les coses perquè no es taquessin i les vam guardar en una biblioteca durant una setmana. Ahir, quan es va acabar de pintar, vam portar les mòmies i tota la resta de retorn en un camió. Mentre el meu ajudant Rachid estava descarregant el camió, els lladres van aprofitar per robar la mòmia de Rapunet.

L'Inspector Sito treu la lupa número 1 de superaugment i comença a buscar pistes per la vorera, a la porta del museu.

—M'agradaria parlar amb en Rachid —diu finalment.

龍

—Rachid, aquests senyors són l'Inspector Sito i el Sergent Mai Tinc-Po.

—Voldríem que ens expliqués com va desaparèixer la mòmia.

—Vaig aparcar el camió davant de la porta. Com que la mòmia pesava molt, la vaig baixar fins a la vorera i vaig entrar al museu per anar a buscar un carretó i poder-la portar. Només vaig trigar un moment. Quan vaig sortir, la mòmia ja no hi era. Algú se l'havia endut.

L'home de l'escombra els avisa de manera misteriosa:

—O potser la mòmia va reviure i se'n va anar. Recordeu la maledicció dels cents anys sense pluja. No hi haurà aigua! Les plantes i els animals moriran de set! No plourà al Caire fins que la mòmia torni al seu lloc!

—Ja n'hi ha prou de les seves històries! —el renya la directora del museu.

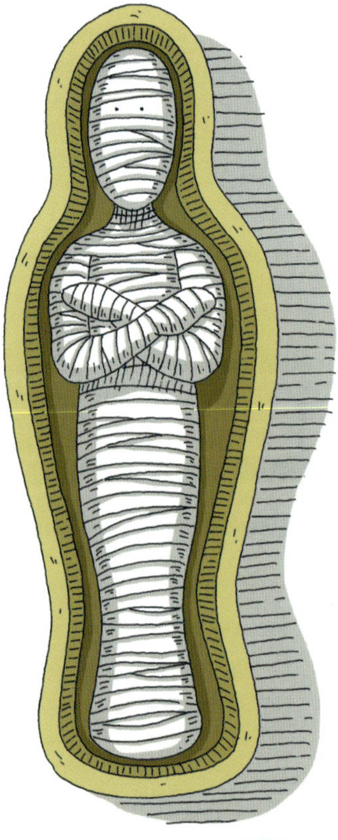

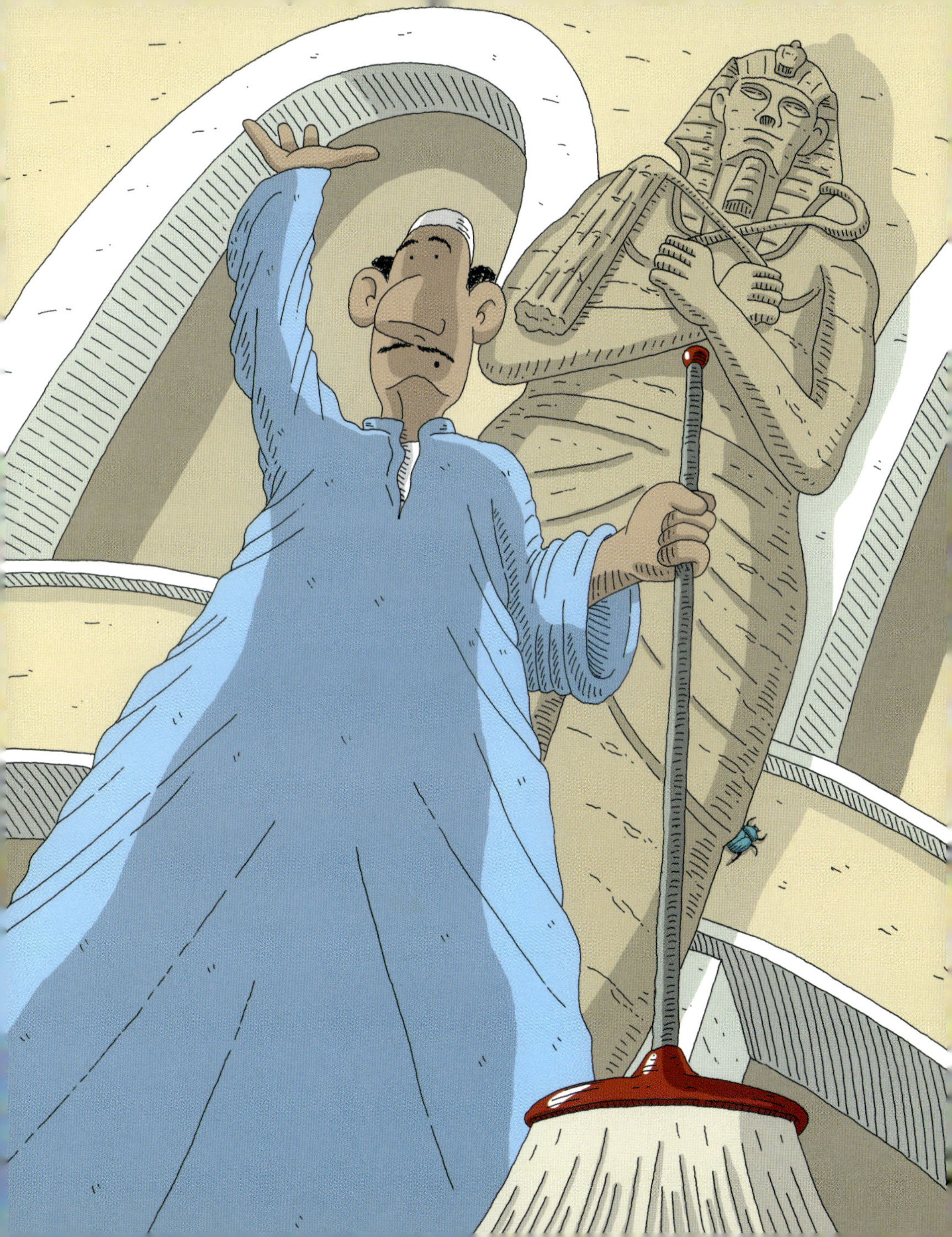

A l'hora de dinar, la directora del museu els porta a un restaurant de la ciutat.

—Voldria truita de patates i pa amb tomàquet —demana l'Inspector Sito.

El cambrer el mira amb cara de no entendre res.

—Inspector, a Egipte no mengem truita de patates —li diu la professora.

—Increïble! I què mengen per aquí?

—Un plat que agrada molt aquí és el *koshari:* està fet amb capes de macarrons, arròs i llenties, amb salsa de tomàquet.

—Bé, que en portin una ració abundant. Amb la panxa buida no puc pensar.

Quan el cambrer se'n va, la directora del museu es posa seriosa.

—Què li sembla tot aquest assumpte, Inspector Sito?

—Doncs a mi em sembla que en un país on no fan pa amb tomàquet i es mengen les llenties barrejades amb els macarrons és que estan una mica bojos.

—Inspector Sito, em referia a la desaparició de la mòmia!

—Aquest és un cas difícil —diu l'Inspector.

—I què li sembla la història que va explicar l'home del museu? —pregunta Mai Tinc-Po—. Si la mòmia no apareix en dos dies, caurà una maledicció sobre el país i no plourà durant cent anys.

—Sergent, no em deu voler dir que s'ha cregut aquesta vella història? Això són ximpleries. Els casos més estranys sempre tenen una explicació lògica. Tornem al lloc de la seva desaparició, a la porta del museu. Allà ha de ser-hi la resposta a aquest misteri.

—Vostè com ho veu, Mai Tinc-Po? —pregunta l'Inspector Sito al seu ajudant.

—No ho veig gens clar. Sembla que tingui una bena als ulls, com una mòmia.

—Els ulls embenats... Sergent, m'acaba de donar una gran idea! Faré una visita a l'hospital d'aquí al costat.

—Es troba malament? —li pregunta la directora.

—Em trobo molt bé. I després d'anar a l'hospital, em sembla que em trobaré encara millor.

HOSPI

L'Inspector, el Sergent i la professora Roqueta entren a l'hospital.

—Perdoni, infermera, va portar ahir una ambulància a l'hospital un malalt ferit en un accident que estava embenat de cap a peus i que no podia parlar?

—N'hi vénen molts, però ara que ho diu... Ahir en van portar un així. És a l'habitació 55. Fa dos dies que no parla.

—Doncs anem a fer-li una visita. Si és qui jo em penso, no fa dies que no parla... sinó més de dos mil anys!

L'Inspector Sito, el seu ajudant Mai Tinc-Po i la professora Roqueta entren a l'habitació de l'hospital i...

—Aquí té la mòmia del seu faraó Rapunet!

—Però, com ha arribat fins aquí? —pregunta la directora.

—Ningú no ha robat la mòmia tal com pensàvem al començament. Vostè, professora Roqueta, ens va dir en arribar a la ciutat que hi havia molts accidents de cotxe i que les ambulàncies es passaven el dia recollint ferits a les voreres. Quan ahir va passar per aquí una ambulància que anava cap a l'hospital i va veure la mòmia a la vorera, va pensar que era un ferit que estava embenat de dalt a baix...! I el va portar a l'hospital! Simplement va ser una equivocació!

龍

En Rachid porta la mòmia del faraó Rapunet de retorn al seu lloc al museu. La professora Roqueta, molt contenta, dóna les gràcies als dos policies. Quan surten del museu per anar-se'n a l'aeroport i tornar a casa..., cau una intensa pluja.

—Quina tempesta!

—Què li sembla, Inspector Sito? Només de trobar la mòmia, ha començat a ploure com deia l'antiga llegenda.

—És una casualitat, Mai Tinc-Po. O això em penso...

—I com se li va acudir això de l'hospital, Inspector Sito?

—Vostè em va donar la idea, Sergent. Quan va dir que semblava que portava una bena als ulls. Em vaig posar a pensar qui, tret de la mòmia, portaria benes al damunt. Elemental: únicament podia ser algú que s'hagués fet molt mal. I quan algú es fa molt mal, on el porten? A l'hospital. En recordar que hi havia un hospital al costat del museu, tot va encaixar.

En aquell moment arriba una hostessa de l'avió amb una safata on tot el menjar està embolicat en plàstic.

—Sap, Sergent? Trobaré a faltar Egipte.

—Per les piràmides, per les mòmies, pels camells?

—No! Pels macarrons amb llenties!

龍

I tu: t'atreveixes a fer de detectiu?
Busca a les pàgines d'aquesta història
el escarabat egipci. El trobaràs 9 vegades.